La géographie

Illustré par Ute Fuhr et Raoul Sautai
Réalisé par Gallimard Jeunesse

GALLIMARD MES PREMIÈRES DÉCOUVERTES DE LA NATURE

À quoi sert la géographie ?

Vue de l'espace, la terre est une planète bleue.

À observer et à connaître l'aspect de la surface de la terre.

Elle est bleue car les deux tiers de sa surface sont occupés par des océans et des mers. Le reste est couvert de continents.

Vue d'avion, la surface de la terre est faite de pics, de bosses, de creux, de grandes étendues plates parcourues par des fleuves.

Les côtes peuvent être rocheuses et découpées...

… ou bien basses et bordées de sable.

Un fjord de Scandinavie

La baie d'Along au Vietnam

Selon les continents et le pays,
la côte est différente.

Côte à falaise de craie

Une mangrove des pays tropicaux

Une plage tropicale

Côte sableuse entourée
d'une barrière de corail

Les montagnes hautes ont des sommets déchiquetés : ce sont des pics.

À leur pied s'étalent des vallées
où coulent des rivières.

Le mont Everest
dans l'Himalaya

Les monts Olgas
en Australie

Le Machu Picchu
au Pérou

Au fil du temps, le froid, le vent, la pluie
et l'eau des fleuves…

La mer de Glace dans les Alpes

Une vaste plaine du Far West en Amérique

... transforment les paysages.

Le delta du Gange en Inde

Le fleuve Colorado a creusé petit à petit une vallée très étroite et très profonde dans les roches tendres.

C’est aujourd’hui
le fameux Grand Canyon.

Les éruptions volcaniques bouleversent le paysage.
Les montagnes changent de forme…

… des îles
sortent
de la mer.

La forêt boréale

Les climats aux températures extrêmes…

La savane

La forêt équatoriale

… créent des paysages insolites.

Il y a encore un siècle, le paysage de campagne était à l'état presque naturel.

Confluence
Marais
Prés entourés
de haies libres

Aujourd'hui, l'homme a mis sa marque partout : autoroutes, ponts, usines, villes, barrages…

Station
de sports d'hiver
Barrage
Usine
Ville
Autoroute
Bretelle

Mes premières découvertes

La coccinelle
Le temps
La pomme
La carotte
L'œuf
L'arbre
Le chat
La couleur
Sous la terre
La terre et le ciel
L'automobile
Le chien
L'oiseau
Le bord de mer
Le château fort
L'eau
La fleur
L'ours
L'avion
La tortue
L'éléphant
La souris
La baleine
Le cheval
La maison
Le dinosaure
Le bateau
Le bébé
La ferme
L'heure
La rivière
L'image
La jungle
Plus ou Moins
Le singe
L'abeille
La musique
Le cirque
L'aigle
Le castor
Compter
Le sport
La pyramide
La chouette
Les portraits
Atlas des pays
La grenouille
Le poisson
Le loup
Les Indiens
Le corps
Le train
Le pingouin
Le Louvre
La cathédrale
Le chantier
Le téléphone
Le papillon
Atlas du ciel
La sculpture
Vincent van Gogh
Les vents
Les percussions
Noël
La vache
La préhistoire
La vie du corps
Henri Matisse
Pablo Picasso
Les cordes
Les claviers
Le pain
Les bestioles
Les pompiers
Fernand Léger
Le canard
Les voix
L'électroacoustique
Avant la naissance
Naître
L'impressionnisme
Les crèches
Le football
Grandir
Le vent
L'écureuil
Vivre ensemble
Halloween
Être grand
Paul Gauguin
Le lion
Internet
Les bruits de la vie
L'école maternelle
La montagne
Le kangourou
L'orchestre
Le sucre
Le carnaval
Le lapin
Le désert
Le camouflage
Le lait
L'hôpital
Le rap
Le crocodile
Les cinq sens
Les animaux en dang
Le rock
Les pirates
L'âne
Le tigre
Le hérisson
Les volcans
La marmotte
Le dauphin
La géographie
La girafe
La lune

Responsable éditoriale : **Anne de Bouchony** • Maquette : **Concé Forgia**
Conseiller pédagogique : **Dominique Joly**

ISBN : 2-07-055873-8

Dépôt légal : septembre 2004
Numéro d'édition : 128270

Imprimé en Italie par Editoriale Lloyd
Loi n° 49-956 du 16 juillet 1949
sur les publications destinées
à la jeunesse

MES PREMIÈRES DÉCOUVERTES DE LA NATURE en cédérom

Dès 4 ans

Pour jouer avec les coccinelles, observer les feuilles des arbres jaunir et tomber, regarder l'oiseau s'envoler et écouter chanter les grenouilles

MES PREMIÈRES DÉCOUVERTES DE LA MUSIQUE

Dès 4 ans

- ☐ N° 96 Les vents
- ☐ N° 97 Les percussions
- ☐ N° 110 Les cordes
- ☐ N° 111 Les claviers
- ☐ N° 127 Les voix
- ☐ N° 128 L'électroacoustique
- ☐ N° 158 Les bruits
- ☐ N° 172 L'orchestre
- ☐ N° 186 Le rap
- ☐ N° 190 Le rock
- ☐ N° 202 Le jazz
- ☐ N° 220 La musique africaine

Un livre et un CD à regarder, lire et écouter à la fois.
Sur une histoire merveilleusement illustrée,
une musique originale.
Une initiation à tout un monde sonore

MES PREMIÈRES DÉCOUVERTES DE L'ART

Dès 5 ans

- ☐ N° 60 Les tableaux
- ☐ N° 85 Le Louvre
- ☐ N° 95 Vincent Van Gogh
- ☐ N° 108 Henri Matisse
- ☐ N° 109 Pablo Picasso
- ☐ N° 137 L'impressionnisme
- ☐ N° 155 Paul Gauguin

Pour faire connaissance avec le monde de l'art

Pleins d'esprit, surprenants et ludiques : voici des livres d'art pour les plus jeunes et les plus grands !